AURA

Carlos Fuentes

AURA

Tradução de Olga Savary

www.lpm.com.br

L&PM POCKET

Coleção **L&PM** POCKET, vol. 100

Texto de acordo com a nova ortografia.

Este livro teve sua primeira edição, pela L&PM Editores, em formato 14 x 21, em agosto de 1981.
Primeira edição na Coleção **L&PM** POCKET: abril 1998
Esta reimpressão: janeiro de 2015

Esta tradução é publicada mediante acordo com "Brandt & Brandt Literary Agents, Inc."

Capa: Ivan Pinheiro Machado sobre obra de Modigliani, *Retrato de Jeanne Hébuterne*, 1917
Tradução: Olga Savary
Revisão: Marcelo Soares e Flávio Dotti Cesa

F954a

Fuentes, Carlos, 1928-2012
Aura / Carlos Fuentes; tradução de Olga Savary. – Porto Alegre: L&PM, 2015.
80 p. ; 18 cm – (Coleção L&PM POCKET; v. 100)

ISBN 978-85-254-0868-6

1. Ficção mexicana-Contos. I. Título. II. Série.

CDD M868.31
CDU 860(72)-34

Catalogação elaborada por Izabel A. Merlo, CRB 10/329.

Rua Comendador Coruja 314, loja 9 – Floresta – 90.220-180
Porto Alegre – RS – Brasil / Fone: 51.3225.5777 – Fax: 51.3221.5380

PEDIDOS & DEPTO. COMERCIAL: vendas@lpm.com.br
FALE CONOSCO: info@lpm.com.br
www.lpm.com.br

Impresso no Brasil
Verão de 2015

O homem caça e luta. A mulher intriga e sonha; é a mãe da fantasia, dos deuses. Possui a segunda visão, as asas que lhe permitem voar para o infinito do desejo e da imaginação... Os deuses são como os homens: nascem e morrem sobre o peito de uma mulher...

Jules Michelet

A
Manolo e Tere Barbachano

I

Você lê esse anúncio: uma oferta assim não é feita todos os dias. Lê e relê o anúncio. Parece dirigido diretamente a você, a ninguém mais. Distraído, deixa cair a cinza do cigarro dentro da xícara de chá que estava bebendo neste café sujo e barato. Torna a ler. Solicita-se historiador jovem. Organizado. Escrupuloso. Conhecedor da língua francesa. Conhecimento perfeito, coloquial. Capaz de desempenhar funções de secretário. Juventude, conhecimento do francês, preferentemente que tenha vivido na França por algum tempo. Três mil pesos mensais, comida e aposento cômodo, batido pelo sol, estúdio bem-instalado. Só falta o seu nome. Falta apenas que as letras do anúncio informem: Felipe Montero. Solicita-se Felipe Montero, antigo bolsista na Sorbonne, historiador cheio de dados inúteis, acostumado a exumar papéis amarelados pelo tempo, professor auxiliar em escolas particulares, novecentos pesos mensais. Mas se você lesse isso, ficaria desconfiado, tomaria tal coisa como brincadeira. Donceles 815. Apresentar-se pessoalmente. Não há telefone.

Você apanha seu porta-fólio e deixa a gorjeta. Pensa imediatamente que outro historiador jovem, em condições semelhantes às suas, leu esse mesmo anúncio, tomou a dianteira, ocupou o posto. Tenta esquecer isso enquanto caminha para a esquina. Espera o ônibus, acendendo um cigarro, repete em silêncio as datas que deve memorizar para que esses meninos sonolentos o respeitem. Tem de se preparar. O ônibus aproxima-se e você está observando as pontas de seus sapatos pretos. Tem que estar preparado. Mete a mão no bolsinho, brinca com as moedas de cobre, separa por fim trinta centavos, aperta-os na mão e estica o braço para segurar com firmeza a barra de ferro do veículo que nunca se detém, pular, abrir caminho, pagar os trinta centavos, acomodar-se com dificuldade entre os passageiros apertados que viajam de pé, apoiar sua mão direita no corrimão, apertar o portafólio contra si e colocar distraidamente a mão esquerda sobre o bolso traseiro da calça, onde guarda as passagens.

Você viverá esse dia como os demais dias, e não voltará a se lembrar dele senão no dia seguinte, quando senta-se novamente na mesa do bar, pede o café da manhã e abre o jornal. Ao chegar à página de anúncios, ali estarão, outra vez, essas letras destacadas: *historiador jovem.* Ninguém se candidatou ontem. Você tornará a ler o anúncio. Deter-se-á no último item: quatro mil pesos.

Você ficará surpreso ao imaginar que alguém vive na rua Donceles. Sempre pensou que ninguém vivesse no velho centro da cidade. Caminha com lentidão, tentando distinguir o número 815 neste conglomerado de velhos palácios coloniais convertidos em oficinas de consertos, relojoarias, lojas de sapatos, balcões de sucos de frutas. As indicações foram revisadas, superpostas, confundidas. O 13 perto do 200, o antigo azulejo numerado – 47 – em cima da nova numeração pintada com giz: *agora* 924. Você erguerá o olhar para o segundo andar: ali nada muda. O conjunto de sons misturados não perturba, as luzes de mercúrio não iluminam, as bagatelas expostas não adornam essa segunda face dos edifícios. Bloco de *tezontlé**, os nichos com seus santos mutilados coroados de pombas, a pedra lavrada do barroco mexicano, os balcões de gelosia, as janelinhas e as calhas de folha, as gárgulas de pedra. As janelas escurecidas por longas cortinas esverdeadas: essa janela da qual alguém se retira quando você olha para ela, você olha para a fachada de trepadeiras caprichosas, desce o olhar para o saguão desbotado e descobre o 815, *antes* 69.

Você bate em vão com essa aldrava, essa cabeça de cão em cobre, gasta, sem relevos, semelhante à cabeça de um feto canino dos museus de ciências naturais. Imagina que o cão lhe sorri e larga logo o seu contato gélido. A porta cede ao levíssimo empurrão de seus dedos, e antes de entrar olha pela última vez sobre os

---

* *tezontlé* (do asteca). Lava purificada e porosa empregada em construções no México. (N.T.).

ombros, franze as sobrancelhas porque uma longa fila parada de caminhões e automóveis chia, apita, solta a fumaça insana de sua presa. Você tenta inutilmente reter uma única imagem desse mundo exterior indiferente.

Fecha a porta do vestíbulo atrás de si e procura penetrar na escuridão dessa ruela coberta – pátio, porque você pode sentir o musgo, a umidade das plantas, as raízes apodrecidas, o perfume entorpecedor e espesso. Você procura em vão uma luz que o guie. Procura a caixa de fósforos no bolso de seu casaco, porém essa voz aguda e alquebrada o adverte de longe:

– Não... não é necessário. Peço-lhe. Ande treze passos para a frente e encontrará a escada à sua direita. Suba, por favor. São vinte e dois degraus. Conte-os.

Treze. Direita. Vinte e dois.

O cheiro da umidade, das plantas apodrecidas, o envolverá enquanto você marca seus passos, primeiro sobre as lajes de pedra, em seguida sobre essa madeira rangente, fofa pela umidade e pelo ambiente fechado. Você conta em voz baixa vinte e dois e se detém, com a caixa de fósforos entre as mãos, o porta-fólio apertado contra as costelas. Bate nessa porta que cheira a pinho velho e úmido; procura uma maçaneta: termina por empurrar e sentir, agora, um tapete sob seus pés. Um tapete fino, mal estendido, que o fará tropeçar e perceber a nova luz, cinzenta e filtrada, que ilumina certos contornos.

– Senhora – você diz com uma voz monótona, porque pensa lembrar-se de uma voz de mulher – Senhora...

– Agora à sua esquerda. A primeira porta. Tenha a bondade.

Você empurra essa porta – já não espera que alguma se feche realmente; já sabe que todas são portas de vaivém – e as luzes dispersas cruzam em suas pestanas como se estivesse atravessando uma tênue rede de seda. Você só tem olhos para esses muros de reflexos desiguais, onde piscam dezenas de luzes. Enfim consegue defini-las como castiçais, colocados sobre mísulas e em recantos de ubiquação assimétrica. Levemente iluminam outras luzes que são corações de prata, frascos de cristal, vidros emoldurados e só atrás deste brilho intermitente você verá, ao fundo, a cama e a figura de uma mão que parece atraí-lo com seu movimento pausado.

Você conseguirá vê-la quando der as costas para esse firmamento de luzes de igreja. Você tropeça ao pé da cama; deve rodeá-la para aproximar-se da cabeceira. Ali, essa figura pequena se perde na imensidade da cama; ao estender a mão você não toca em outra mão, mas na pele grossa, de feltro, as orelhas dessa coisa que rói com um silêncio tenaz e lhe oferece seus olhos vermelhos: você sorri e acaricia o coelho que está deitado ao lado da mão que, afinal, toca na sua com uns dedos sem calor que se detêm longo tempo sobre sua palma úmida, viram-na e aproximam seus dedos abertos da almofada de rendas que você toca para afastar sua mão da outra.

– Felipe Montero. Li seu anúncio.

– Sim, já sei. Perdão, não há cadeiras.

– Estou bem assim. Não se preocupe.

– Está bem. Por favor, ponha-se de perfil. Não o estou vendo bem. Que a luz o ilumine. Assim. Claro.

– Li o seu anúncio.

– Claro. Sei que o leu. Sente-se qualificado? – *Avez vous fait des études?*

– *A Paris, madame.*

– *Ah, oui, ça me fait plaisir, toujours, tou-*

jours, d'entendre... oui...vous savez... on était tellement habitué... et après...

Você se afastará para que a luz combinada da prata, da cera e do vidro desenhe essa touca de seda que deve cobrir um cabelo muito branco e emoldurar um rosto quase infantil de tão velho. O apertado abotoamento da gola branca que sobe até as orelhas ocultas pela touca, os lençóis e os edredons cobrem todo o corpo com exceção dos braços envolvidos num xale de estambre, as mãos pálidas que descansam sobre o ventre. Você só pode fixar-se no rosto até que um movimento do coelho lhe permita desviar o olhar e observar disfarçadamente essas migalhas, essas cascas de pão espalhadas sobre os edredons de seda vermelha, esgarçados e sem brilho.

– Vou direto ao assunto. Não me restam muitos anos pela frente, senhor Montero, e por isso preferi violar o costume de toda uma vida e colocar esse anúncio no jornal.

– Sim, por isso estou aqui.

– Sim. Então aceita.

– Bem, desejaria saber mais alguma coisa...

– Naturalmente. O senhor é curioso.

Ela o surpreenderá observando a mesa de

cabeceira, os frascos de várias cores, os vasos, as colheres de alumínio, os cartuchos alinhados de pílulas e comprimidos, os outros vasos manchados de líquidos esbranquiçados que estão dispostos no chão, ao alcance da mão da mulher deitada sobre esta cama baixa. Então você se apercebe que é uma cama apenas elevada do nível do solo, quando o coelho salta e se perde na sombra.

– Ofereço-lhe quatro mil pesos.

– Sim, é o que diz o anúncio de hoje.

– Ah, então já saiu.

– Sim, já saiu.

– É sobre os papéis de meu marido, o general Llorente. Devem ser organizados antes que morra. Devem ser publicados. Eu decidi isto há pouco tempo.

– E o próprio general, não se acha capacitado para...?

– Morreu há sessenta anos, senhor. São suas memórias inacabadas. Devem ser terminadas. Antes que eu morra.

– Mas...

– Eu o informarei a respeito de tudo. O senhor aprenderá a redigir no estilo de meu esposo. Para tal, bastará ler os papéis; vai sentir-se fascinado por essa transparência, essa...

– Sim, compreendo.

– Saga, Saga. Onde você está? *Ici*, Saga...

– Quem?

– Minha companhia.

– O coelho?

– Sim, ele voltará.

Você erguerá os olhos, que tinha mantido baixos, e ela terá cerrado os lábios, porém essa palavra – voltará – você torna a escutar como se a anciã a estivesse pronunciando nesse instante. Permanecem imóveis. Você olha para trás; cega-o o brilho ofuscante de objetos religiosos. Quando volta a olhar para a senhora, você sente que seus olhos se abriram desmesuradamente e que são claros, líquidos, imensos, quase da cor da córnea amarelada que os rodeia, de modo que só o ponto negro da pupila rompe essa claridade perdida, minutos antes, nas rugas grossas das pálpebras caídas como que para proteger esse olhar que agora volta a se esconder – a retrair-se, você acha – no fundo de sua órbita seca.

– Então o senhor ficará. Seu quarto fica lá em cima. Ali sim entra a luz.

– Talvez, senhora, seria melhor que eu não a importunasse. Eu posso continuar vivendo onde sempre vivi e revisar os papéis em minha própria casa...

– Minhas condições são estas: o senhor tem de morar aqui. Não resta muito tempo.

– Não sei...

– Aura...

A senhora se moverá pela primeira vez desde que você entrou em seu quarto; ao estender outra vez a sua mão, sente essa respiração agitada a seu lado e entre a mulher e você estende-se outra mão que toca nos dedos da anciã. Você olha para um lado e a jovem está ali, essa jovem que você não consegue ver de corpo inteiro porque está tão perto de você e sua aparição foi imprevista, sem nenhum ruído – nem sequer os ruídos que não são escutados mas que são reais porque são lembrados imediatamente, porque apesar de tudo são mais fortes do que o silêncio que os seguiu.

– Eu lhe disse que regressaria...

– Quem?

– Aura. Minha companheira. Minha sobrinha.

– Boa tarde.

A jovem inclinará a cabeça e a anciã, ao mesmo tempo que ela, lhe imitará o gesto.

– É o senhor Montero. Vai morar conosco.

Você dará uns passos para que a luz dos castiçais não o cegue. A jovem mantém os olhos fechados, as mãos cruzadas sobre uma coxa: não olha para você. Abre os olhos pouco a pouco, como se temesse os fulgores do aposento. Afinal você poderá ver esses olhos de mar que fluem, viram espuma, voltam à calma verde, tornam a inflamar-se como uma onda: você os vê e repete para consigo mesmo que não é verdade, que são uns belos olhos verdes idênticos a todos os belos olhos verdes que você conheceu ou poderá conhecer. Entretanto, você não se engana: esses olhos fluem, transformam-se, como se lhe oferecessem uma paisagem que só você pode adivinhar e desejar.

– Sim. Vou morar com as senhoras.

II

A anciã sorrirá, inclusive rirá com seu timbre agudo e dirá que lhe agrada sua boa vontade e que a jovem lhe mostrará seu quarto, enquanto você pensa no soldo de quatro mil pesos, no trabalho que pode ser agradável porque gosta destas tarefas meticulosas de investigação, que excluem o esforço físico, a movimentação de um lugar para outro, os encontros inevitáveis e aborrecidos com outras pessoas. Vai pensando em tudo isto enquanto segue os passos da jovem – dá-se então conta de que não a está seguindo com a vista, mas com o ouvido: você acompanha o sussurro da saia, o farfalhar de um tafetá – e já está ansioso para fitar esses olhos. Sobe atrás do ruído, no meio da obscuridade, sem se acostumar ainda com as trevas: você se lembra que devem ser mais ou menos seis da tarde e se surpreende com a inundação de luz em seu aposento quando a mão de Aura empurra a porta – outra porta sem fechadura – e em seguida se afasta dela e lhe diz:

– Aqui é o seu quarto. Estamos esperando-o para jantar dentro de uma hora.

E se afastará, com esse ruído de tafetá, sem que você tenha podido ver seu rosto outra vez.

Você fecha – empurra – a porta atrás de si e enfim levanta os olhos para a imensa claraboia que faz as vezes de teto. Sorri ao perceber que lhe bastou a luz do crepúsculo para cegá-lo e contrastar com a penumbra do resto da casa. Então prova com alegria a maciez do colchão da cama de metal dourado e percorre o quarto com o olhar: o tapete de lã vermelha, as paredes empapeladas, ouro e oliva, a poltrona de veludo vermelho, a velha mesa de trabalho, nogueira e couro verde, o abajur antigo, tipo lampião, luz opaca de suas noites de investigação, a estante pregada em cima da mesa, ao alcance de sua mão, os volumes encadernados. Você se encaminha para a outra porta e ao empurrá-la descobre um banheiro fora de moda: banheira de quatro pés, com florzinhas pintadas sobre a porcelana, uma pia azul, uma latrina incômoda. Você se observa no grande espelho ovalado do guarda-roupa, também de nogueira, colocado no banheiro. Move suas sobrancelhas grossas, sua boca grande e polpuda que enche de vapor o espelho; cerra seus olhos negros e, ao abri-los, o vapor terá desaparecido. Você deixa de conter a respiração e passa a mão sobre o cabelo escuro e liso; toca em seu perfil retilíneo, suas faces delgadas. Quando o vapor torna outra vez o rosto opaco, você estará repetindo esse nome: Aura.

Consulta o relógio, depois de fumar dois cigarros, deitado na cama. De pé, põe o casaco e passa um pente no cabelo. Empurra a porta e trata de se lembrar do caminho que percorreu ao subir. Quisera deixar a porta aberta, para que a luz do lampião o guie: impossível, pois as molas a fecham. Você poderia se entreter balançando essa porta. Poderia pegar o lampião e descer com ele. Renuncia a isto porque já sabe que esta casa fica sempre às escuras. Você se obrigará a conhecê-la e reconhecê-la pelo tato. Avança com cautela, como um cego, com os braços estendidos, roçando na parede, e é seu ombro que, inadvertidamente, aperta o interruptor da luz elétrica. Você se detém, piscando, no centro iluminado desse longo corredor despojado. Ao fundo, o corrimão e a escada de caracol.

Desce contando os degraus: outro costume imediato que lhe terá imposto a casa da senhora Llorente. Você desce contando e dá um passo atrás quando encontra os olhos rosados do coelho que logo lhe dá as costas e sai pulando.

Você não tem tempo de se deter no vestíbulo porque Aura, de uma porta entreaberta de cristais opacos, o estará esperando com o candelabro na mão. Você caminha sorrindo até ela: se detém ao escutar os miados lastimosos de vários gatos – sim, você se detém para escutar, já perto da mão de Aura, para certificar-se de que são vários gatos – e segue-a para a sala. São os gatos – dirá Aura. Há tantos ratos nesta parte da cidade.

Atravessam o salão: móveis forrados de

seda mate, vitrines onde foram postos bonecos de porcelana, relógios de carrilhão, condecorações e bolas de cristal; tapetes com desenhos persas, quadros com cenas bucólicas, as cortinas de veludo verde corridas. Aura está vestida de verde.

– Está bem acomodado?

– Sim. Mas preciso apanhar minhas coisas na casa onde...

– Não é necessário. O criado já foi buscá-las.

– Não precisavam se dar ao trabalho de fazer isto.

Você entra, sempre atrás dela, na sala de jantar. Ela colocará o candelabro no centro da mesa; você sente um frio úmido. Todas as paredes do salão estão cobertas de uma madeira escura, lavrada com estilo gótico, com ogivas e rosáceas entalhadas. Os gatos deixam de miar. Ao sentar-se, você nota que foram dispostos quatro lugares e que há dois pratos quentes sobre salvas de prata e uma garrafa velha e brilhante devido ao limo esverdeado que a cobre.

Aura tirará a tampa da salva. Você aspira o cheiro picante dos rins em molho de cebola que ela lhe serve enquanto você pega a garrafa velha e enche os copos de cristal trabalhado com esse líquido verde e espesso. Tenta, por curiosidade, ler a etiqueta do vinho, porém o limo o impede. Da outra travessa, Aura tira uns tomates assados inteiros.

– Perdão – diz você, observando os dois talheres extras, as duas cadeiras desocupadas. – Estamos esperando mais alguém?

Aura continua servindo os tomates:

– Não. A senhora Consuelo sente-se fraca esta noite. Não nos fará companhia.

– A senhora Consuelo? Sua tia?

– Sim. Pede-lhe que vá vê-la depois do jantar.

Comem em silêncio. Bebem esse vinho particularmente espesso, e você desvia outra vez o olhar para que Aura não o surpreenda nessa fixidez hipnótica que você não pode controlar. Quer, ainda, fixar as feições da jovem em sua mente. Cada vez que você desvia o olhar terá já esquecido delas e uma urgência impostergável o obrigará a olhá-la novamente. Ela mantém, como sempre, o olhar baixo, e você, ao procurar o maço de cigarros no bolso do paletó, acha esse chaveiro, lembra-se, diz para Aura:

– Ah! Esqueci que uma gaveta de minha mesa está fechada à chave. Lá guardo meus documentos.

E ela murmurará:

– Então... o senhor quer sair?

Diz isso como que reprovando. Você sente-se confuso e estica a mão com o chaveiro pendurado em um dedo e oferece a ela.

– Não é urgente.

Mas ela se afasta do contato de suas mãos, mantém as dela sobre o regaço, ergue finalmente o olhar e você torna a duvidar de seus sentidos. Atribui ao vinho seu atordoamento, a tonteira que lhe produzem esses olhos verdes, límpidos, brilhantes, e se põe de pé, atrás de Aura, acariciando o espaldar de madeira da poltrona gótica, sem se atrever a tocar nos ombros nus da moça, na cabeça que se mantém imóvel. Você faz um esforço para se conter, distrai sua atenção escutando o bater imperceptível de outra porta, às suas costas, que deve levar à cozinha, decompõe os elementos plásticos da sala de jantar: o círculo de luz compacta que é lançado pelo candelabro e que ilumina a mesa e uma extremidade da parede lavrada, o círculo maior, de sombra, que rodeia o primeiro. Afinal, você tem a coragem de se aproximar dela, pegar sua mão, abri-la e colocar o chaveiro, o presente, sobre essa palma lisa.

Você a verá apertar o punho, procurar seu olhar, murmurar:

– Obrigada... – levantar-se, abandonar com pressa a sala de jantar.

Você toma o lugar de Aura, estica as pernas, acende um cigarro, invadido por um prazer que jamais conheceu, que sabia ser parte de si, mas que somente agora você experimenta plenamente, liberando-o, lançando-o fora porque sabe que desta vez encontrará resposta... E a senhora Consuelo espera-o; ela o avisou: está esperando-o após o jantar...

Você aprendeu o caminho. Pega o candelabro e atravessa a sala e o vestíbulo. A primeira porta diante de você é a da anciã. Bate com os nós dos dedos, sem obter resposta. Bate outra vez. Empurra a porta, ela o espera. Você entra cautelosamente, murmurando:

– Senhora... Senhora...

Ela não o escutou porque você a descobre ajoelhada diante dessa parede dos oratórios, com a cabeça apoiada contra os punhos fechados. Você a vê de longe: ajoelhada, coberta por essa camisola de lã grosseira, com a cabeça enfiada nos ombros delgados: delgada como uma escultura medieval, emaciada; as pernas surgem como dois fios sob a camisola, magras, cobertas por uma erisipela inflamada. Você imagina o roçar contínuo da lã tosca sobre a pele, até que ela levanta os punhos e segura o ar sem forças, como se lutasse numa batalha contra as imagens que, ao aproximar-se, você começa a distinguir: Cristo, Maria, São Sebastião, Santa Lúcia, o Arcanjo Miguel, os demônios sorridentes, os únicos seres sorridentes nesta iconografia da dor e da cólera – sorridentes porque, na velha gravura iluminada pelas lâmpadas, enfiam os tridentes na pele dos condenados, esvaziam caldeirões de água fervendo, violam as mulheres, embriagam-se, gozam da liberdade vedada aos santos. Você se aproxima dessa imagem central, rodeada por lágrimas da Mater Dolorosa, do sangue do Crucificado, do gozo de Lúcifer, da cólera do Arcanjo, das vísceras conservadas em frascos de álcool, dos corações de prata; a senhora Consuelo, de joelhos, ameaça com os punhos, balbucia as palavras que, já perto dela, você pode escutar:

– Venha, Cidade de Deus; soe, trombeta de Gabriel. Ai, como o mundo está custando para morrer!

Ela baterá no peito até tombar, diante das imagens e dos lampiões, com um acesso de tosse. Você segura-a pelos cotovelos, a conduz docemente para a cama, surpreende-se com o tamanho da mulher: quase uma menina, dobrada, encurvada, com a espinha dorsal caída; você sabe que se não fosse o seu apoio, ela teria de voltar de gatinhas para a cama. Você deita-a no grande leito de migalhas de pão e edredons velhos, cobre-a, espera que sua respiração se regularize, enquanto as lágrimas involuntárias lhe correm pelas faces transparentes.

– Perdão... Perdão, senhor Montero... Para as velhas resta apenas o prazer da devoção... Passe-me o lenço, por favor.

– A senhorita Aura me disse...

– Sim, é isto mesmo. Não quero que percamos tempo... Deve... deve começar a trabalhar o quanto antes... Obrigada...

– Trate de descansar, senhora.

– Obrigada... Tome...

A velha levará as mãos à gola, desabotoará a mesma, baixará a cabeça para retirar de si essa fita roxa, puída, que agora lhe entrega: pesada, porque uma chave de cobre está pendurada nela.

– Naquele canto... Abra esse baú e traga os papéis que estão à direita, acima dos outros... amarrados com um cordão amarelo...

– Não estou vendo muito bem...

– Ah, sim... É que estou tão acostumada às trevas. À minha direita... Caminhe e tropeçará na arca grande... É que nos cercaram de paredes, senhor Montero. Construíram ao redor de nós, nos tiraram a luz. Quiseram obrigar-me a vender. Nem mortas venderíamos. Esta casa está cheia de recordações para nós duas. Só morta me arrancarão daqui... É isso. Obrigada. O senhor pode começar a ler esta parte. Logo lhe entregarei as demais. Boa noite, senhor Montero. Obrigada. Olhe, seu candelabro se apagou. Acenda-o lá fora, por favor. Não, não, fique com a chave. Aceite-a. Confio no senhor.

– Senhora... Há um ninho de ratos naquele canto...

– Ratos? O fato é que nunca vou lá...

– A senhora devia trazer os gatos para cá.

– Gatos? Quais gatos? Boa noite. Vou dormir. Estou fatigada.

– Boa noite.

III

Nessa mesma noite você lê os papéis amarelados, escritos com uma tinta cor de mostarda; às vezes, furados pelo descuido de uma cinza de cigarro, manchados por moscas. O francês do general Llorente não goza das excelências que sua mulher lhe terá atribuído. Você diz consigo mesmo que pode melhorar consideravelmente o estilo, resumir essa narração difusa de fatos passados: a infância em uma fazenda *oaxaquenha* do século XIX, os estudos militares na França, a amizade com o Duque de Morny, com o círculo íntimo de Napoleão III, o regresso ao México no estado maior de Maximiliano, as cerimônias e vigílias do Império, as baralhas, a queda, o Encerramento das Campanhas, o exílio em Paris. Nada que outros não tenham contado. Você se despe pensando no capricho esdrúxulo da anciã, no falso valor que atribui a estas memórias. Deita-se sorrindo, pensando em seus quatro mil pesos.

Você dorme sem sonhar até que o jato de luz o desperta às seis da manhã, porque esse teto de vidro não tem cortinas. Cobre os olhos com o travesseiro e tenta voltar a dormir. Mas, dez minutos depois, você se esquece de seu propósito e caminha para o banheiro, onde encontra todas as suas coisas dispostas em uma mesa, suas poucas roupas penduradas no guarda-roupa. Terminou de se arrumar quando esse miado doloroso e suplicante destrói o silêncio da manhã.

Chega a seus ouvidos com uma vibração atroz, dilacerante, de súplica. Você tenta localizar sua origem: abre a porta que dá para o corredor e ali não escuta nada; esses miados escorregam do alto, da claraboia. Rapidamente você sobe na cadeira, da cadeira para a mesa de trabalho, e apoiando-se na estante de livros você pode alcançar a claraboia, abrir um de seus vidros, elevar-se com esforço e cravar o olhar nesse jardim lateral, nesse cubo de telhados e plantas emaranhadas onde cinco, seis, sete gatos – você não pode contá-los, não pode se manter ali mais de um segundo – encadeados uns com outros, se revolvem envoltos em fogo, desprendem uma fumaça opaca, cheiro de pelo queimado. Você duvida, ao cair sobre a poltrona, se na realidade viu isso; talvez tenha unido imagem aos miados espantosos que persistem, diminuem, se extinguem finalmente.

Pega a camisa, veste-a, passa um papel nas pontas de seus sapatos pretos e escuta, desta vez, o sinal do sino que parece percorrer os corredores da casa e aproximar-se de sua porta. Você sai para o corredor; Aura caminha com esse sininho na mão, inclina a cabeça ao vê-lo, diz-lhe que o café da manhã está pronto. Você tenta detê-la; Aura já descerá pela escada de caracol, tocando o sino pintado de negro, como se cuidasse de despertar todo um hospital, todo um internato.

Você a segue em mangas de camisa, porém ao chegar ao vestíbulo já não a encontra lá. A porta do quarto da anciã abre-se às suas costas: você consegue ver a mão que aparece atrás da porta entreaberta, coloca essa porcelana no vestíbulo e se retira, fechando novamente.

Na sala de jantar, você encontra sua refeição servida: desta vez, somente um talher. Come rapidamente, volta ao vestíbulo, bate na porta da senhora Consuelo. Essa voz fraca e aguda lhe pede que entre. Nada terá mudado. A escuridão permanece. O fulgor dos lampiões e dos objetos de prata.

– Bom dia, senhor Montero. Dormiu bem?

– Sim. Li até tarde.

A dama agitará uma mão, como se desejasse que você se afastasse.

– Não, não, não. Não dê opinião. Trabalhe com esses papéis e quando terminar lhe darei os outros.

– Está bem, senhora. Eu poderia visitar o jardim?

– Qual jardim, senhor Montero?

– O que tem atrás do meu quarto.

– Nesta casa não há jardim. Perdemos o jardim quando construíram ao redor da casa.

– Pensei que poderia trabalhar melhor ao ar livre.

– Nesta casa há somente esse pátio escuro por onde o senhor entrou. Ali minha sobrinha cultiva algumas plantas de sombra. Mas isso é tudo.

– Está bem, senhora.

– Desejo descansar durante todo o dia. Passe para me ver esta noite.

– Está bem, senhora.

Você revisa os papéis durante todo o dia, passando a limpo os parágrafos que pensa guardar, redigindo de novo os que lhe parecem fracos, fumando incessantemente e refletindo que deve espaçar seu trabalho para que a mamata se prolongue o mais possível. Se você conseguisse poupar pelo menos doze mil pesos poderia passar cerca de um ano dedicado à sua própria obra, adiada, quase esquecida. Sua grande obra de conjunto sobre as descobertas e conquistas espanholas na América. Uma obra que resuma todas as crônicas dispersas, torne-as inteligíveis, ache as relações entre as empresas e aventuras do século do ouro, entre os protótipos humanos e o fato maior do Renascimento.

Na realidade, você termina abandonando os aborrecidos papéis do militar do Império para começar a redação de fichas e resumos de sua própria obra. O tempo corre e somente ao escutar de novo o sino é que você consulta seu relógio, veste o casaco e desce para a sala de jantar.

Aura já estará sentada. Desta vez ocupará a cabeceira a senhora Llorente, envolta em seu xale e sua camisola, de touca, debruçada sobre o prato. Porém o quarto talher também está disposto. Você nota isto ao passar; já não se preocupa, no entanto. Se o preço de sua futura liberdade criadora é aceitar todas as manias desta velha, você pode pagá-lo sem dificuldade. Enquanto a vê sorver a sopa, tenta calcular sua idade. Há um momento em que não é mais possível distinguir a passagem dos anos: a senhora Consuelo há muito tempo ultrapassou essa fronteira. O general não a menciona no que você já leu das memórias. Porém, se o general tinha quarenta e dois anos no momento da invasão francesa e morreu em 1901, quarenta anos mais tarde, teria morrido com oitenta e dois anos. Teria se casado com a senhora Consuelo depois da derrota de Querétaro e o exílio, mas ela seria uma menina então...

As datas o confundiram porque a senhora já está falando, com esse murmúrio agudo, leve, esse chilrear de pássaro; está falando com

Aura e você escuta, atento à comida, essa enumeração igual de queixas, dores, suspeitas de enfermidades, mais queixas sobre o preço dos remédios, a umidade da casa. Teve vontade de intervir na conversação doméstica perguntando pelo criado que apanhou ontem suas coisas mas que você nunca tinha visto, o criado que nunca serve a mesa: você ia perguntar se, de repente, não ficasse surpreendido pelo fato de até esse instante Aura não ter aberto a boca e comido com essa fatalidade mecânica, como se esperasse um impulso alheio a ela para pegar a colher, a faca, partir os rins – você sente na boca, outra vez, essa dieta de rins, pelo visto a preferida da casa – e levá-los à boca. Você olha rapidamente da tia para a sobrinha e da sobrinha para a tia, porém a senhora Consuelo, nesse momento, detém todo o movimento e, ao mesmo tempo, Aura deixa a faca sobre o prato e permanece imóvel e você se lembra que, uma fração de segundo antes, a senhora Consuelo fez a mesma coisa.

Permanecem vários minutos em silêncio: você acabando de comer, elas imóveis como estátuas, contemplando-o enquanto você come. Afinal a senhora diz:

– Fiquei muito cansada. Não deveria comer na mesa. Venha, Aura, acompanhe-me até o quarto.

A senhora tentará reter sua atenção: olhará de frente para você a fim de que você olhe para ela, ainda que suas palavras sejam dirigidas à sobrinha. Você deve fazer um esforço para se livrar desse olhar – outra vez aberto, claro, amarelo, despojado dos véus e rugas que normalmente o cobrem – e fixar seus olhos em Aura, que por sua vez contempla fixamente um ponto perdido e move os lábios em silêncio. Levanta-se com atitudes semelhantes às que você associa com o sonho, pega pelos braços a velha curvada e a conduz lentamente para fora da sala de jantar.

Sozinho, você se serve de café que também esteve ali desde o princípio do almoço, café frio que bebe em goles enquanto franze o cenho e pergunta a si mesmo se a senhora não terá uma força secreta sobre a moça, se a jovem, sua bela Aura vestida de verde, não estará encerrada contra sua vontade nesta velha casa sombria. Entretanto, ser-lhe-ia fácil escapar enquanto a anciã cochila em seu escuro quarto. E não fica só nisso o caminho que se abre em sua imaginação: talvez Aura espere que você a salve das cadeias que, por alguma razão oculta, lhe impôs esta velha caprichosa e desequilibrada. Você se lembra de Aura, minutos antes, inanimada, embrutecida pelo terror: incapaz de falar diante da tirana, movendo os lábios em silêncio, como se em silêncio lhe implorasse sua liberdade, prisioneira a ponto de imitar todos os movimentos da senhora Consuelo, como se somente o que a velha fizesse fosse permitido à jovem.

A imagem desta alienação total o revolta: você anda, desta vez até a outra porta, a que dá sobre o vestíbulo ao pé da escada, a que está ao lado do aposento da anciã – ali deve viver Aura; não há outra peça na casa. Você empurra a porta e penetra nesse quarto, também escuro, de paredes caiadas, onde o único adorno é um Cristo negro. À esquerda, vê essa porta que deve conduzir ao quarto da viúva. Caminhando na ponta dos pés, aproxima-se dela, põe a mão sobre a madeira, desiste de sua empresa: você deve falar com Aura a sós.

E se Aura quiser que a ajude, virá a seu quarto. Você permanece ali, esquecido dos papéis amarelados, de suas próprias papeletas anotadas, pensando somente na beleza inatingível de sua Aura – quanto mais pensa nela, mais sua você a fará, não só porque pensa em sua beleza e a deseja, mas porque agora a deseja para libertá-la: você terá achado uma razão moral para seu desejo, sentir-se-á inocente e satisfeito – e quando torna a escutar o aviso do sininho, você não desce para jantar porque não suportaria outra cena como a do meio-dia. Talvez Aura perceba e, depois do jantar, subirá para buscá-lo.

Você se esforça para continuar examinando os papéis. Cansado, tira a roupa lentamente, cai no leito, adormece logo e pela primeira vez depois de muitos anos sonha, sonha uma coisa só, sonha com essa mão descarnada que avança para você com o sininho na mão, gritando que se afaste, que todos se afastem, e quando o rosto de olhos vazios se aproxima do seu, você desperta com um grito surdo, suando, e sente essas mãos que lhe acariciam o rosto e o cabelo, esses lábios que murmuram com a voz muito baixa, o consolam, pedem-lhe calma e carinho. Estende suas próprias mãos para encontrar o outro corpo, nu, que então agitará levemente o chaveiro que você reconhece, e com ele a mulher que se deita sobre você e beija-o, percorre todo o seu corpo com beijos. Você não pode vê-la na escuridão da noite sem estrelas, mas sente em seu cabelo o perfume das plantas do pátio, sente em seus braços a pele mais suave e ansiosa, toca em seus seios a flor entrelaçada das veias sensíveis, torna a beijá-la e não pede palavras.

Ao separar-se, esgotado, de seu abraço, escuta seu primeiro murmúrio: "Você é meu esposo". Você concorda; ela lhe dirá que amanhece; se despedirá dizendo que o espera essa noite em seu quarto. Você torna a concordar, antes de cair adormecido, aliviado, leve, esvaziado de prazer, retendo nas polpas dos dedos o corpo de Aura, sem tremor, sua entrega: a menina Aura.

Você acorda com dificuldade. Os nós dos dedos batem várias vezes e você se levanta da cama pesadamente, resmungando; Aura, do outro lado da porta, lhe dirá para não abrir; a senhora Consuelo quer falar com você; espera-o em seu quarto.

Entram dez minutos depois no santuário da viúva. Agasalhada, entrincheirada nas almofadas de renda, você se aproxima da figura imóvel, de seus olhos cerrados atrás das pálpebras caídas, enrugadas, esbranquiçadas. Vê essas rugas como bolsas nas maçãs do rosto, esse cansaço total da pele.

Sem abrir os olhos lhe dirá:

– O senhor está trazendo a chave?

– Sim... Creio que sim. Sim, está aqui.

– Pode ler a segunda pasta. No mesmo lugar, com a cinta azul.

Você caminha, desta vez com repulsa, para a grande arca ao redor da qual pululam os ratos, surgem seus olhinhos brilhantes entre as tábuas apodrecidas do piso, correm para os buracos abertos na parede descascada. Você abre a grande arca e retira a segunda coleção de papéis. Volta para o pé da cama; a senhora Consuelo acaricia seu coelho branco.

Da garganta abotoada da anciã surgirá um cacarejo abafado:

– Não gosta dos animais, não é?

– Não. Não particularmente. Talvez porque nunca eu tenha tido algum.

– São bons amigos, bons companheiros. Sobretudo quando chegam a velhice e a solidão.

– Sim. É mesmo.

– São seres naturais, senhor Montero. Seres sem tentações.

– Como disse que se chamava?

– A coelha? Saga. Sábia. Segue seus instintos. É natural e livre.

– Pensei que fosse coelho.

– Ah, o senhor ainda não sabe distinguir.

– Bem, o importante é que a senhora não se sinta só.

– Querem que estejamos sós, senhor Montero, porque dizem que a solidão é necessária para se alcançar a santidade. Esqueceram-se de que na solidão a tentação é maior.

– Não a estou entendendo, senhora.

– Ah, é melhor, melhor. Pode continuar trabalhando.

Você lhe dá as costas. Caminha para a porta. Sai do quarto. No vestíbulo aperta os dentes. Por que não tem coragem de lhe dizer que ama a jovem? Por que não entra e lhe diz, de uma vez, que está pensando em levar Aura com você quando terminar o trabalho? Avança de novo para a porta; empurra-a, relutando ainda, e pela fresta vê a senhora Consuelo de pé, ereta, metamorfoseada com essa túnica entre os braços: essa túnica azul com botões de ouro, condecorações vermelhas, brilhantes insígnias de águia coroada, essa túnica que a anciã mordisca ferozmente, beija com ternura, coloca sobre os ombros para girar num passo de dança cambaleante. Você fecha a porta.

– *Sim, tinha quinze anos quando a conheci* – você lê na segunda pasta das memórias – *elle avait quinze ans lorsque je l'ai connue et, si j'ose le dire, ce sont ses yeux verts qui ont fait ma perdition;* os olhos verdes de Consuelo, que tinha quinze anos em 1867, quando o general Llorente se casou com ela e a levou para viver em Paris, no exílio. *Ma jeune poupée*, escreveu o general em seus momentos de inspiração, *ma jeune poupée aux yeux verts; je t'ai comblée d'amour;* descreveu a casa em que viveram lá, os passeios, os bailes, as carruagens, o mundo do Segundo Império; sem grande relevo, certamente. *J'ai même supporté ta haine des chats, moi qu'aimais tellement les jolies bêtes...* Um dia encontrou-a de pernas abertas, com a crinolina levantada na frente, martirizando um gato e não soube chamar-lhe a atenção porque lhe pareceu, que *tu faisais ça d'une façon si innocent, par pur enfantillage* e inclusive o fato o excitou, de modo que essa noite amou-a, se você dá crédito à sua leitura, com uma paixão hiperbólica, *parce que tu m'avais dit que torturer les chats était ta manière a toi de rendre notre amour favorable, par un sacrifice symbolique...* Você terá calculado: a senhora Consuelo deve ter hoje cento e nove anos... fecha a pasta. Quarenta e nove quando seu esposo morreu. *Tu sais si bien t'habiller, ma douce Consuelo, toujours drappé dans des velours verts, verts comme tes yeux. Je pense que tu seras toujours belle, même dans cent ans...* Sempre vestida de verde. Sempre bela, inclusive dentro de cem anos. *Tu es si fière de ta beauté; que ne ferais-tu pas pour rester toujours jeune?*

IV

Você sabe, ao fechar novamente a pasta, que por isso Aura vive nesta casa: para perpetuar a ilusão de juventude e beleza da pobre velha enlouquecida. Aura, encerrada como um espelho, como um ícone a mais dessa parede religiosa, coalhada de oferendas, corações preservados, demônios e santos imaginários.

Você atira os papéis para o lado e desce, suspeitando do único lugar onde Aura poderá estar nas manhãs: o lugar que lhe terá designado esta velha avara.

Você a encontrará na cozinha, sim, no momento em que degola um cabrito: o vapor que surge do pescoço aberto, o cheiro de sangue derramado, os olhos duros e abertos do animal lhe dão náuseas; atrás dessa imagem, perde-se a de uma Aura malvestida, com os cabelos retos, manchada de sangue, que o contempla sem reconhecê-lo, que prossegue no seu trabalho de açougueiro.

Você vira-lhe as costas; desta vez você falará com a anciã, lhe jogará na cara sua cobiça, sua tirania abominável. Com um empurrão abre a porta e vê a velha, por detrás do véu de luzes, de pé, cumprindo seu ofício imaginário; você a vê com as mãos em movimento, estendidas para o ar: uma mão estendida e apertada como se realizasse um esforço para deter algo, a outra apertada em torno de um objeto de vento, cravada ora uma, ora outra vez no mesmo lugar. Em seguida a velha porá as mãos sobre o peito, suspirará, voltará a cortar o ar, como se – sim, você verá claramente, como se tirasse a pele de um animal...

Você corre ao vestíbulo, à sala, à sala de jantar, à cozinha onde Aura limpa lentamente o couro do cabrito, absorvida em seu trabalho, sem escutar sua entrada nem suas palavras, olhando-o como se você fosse de vento.

Então sobe lentamente para seu quarto, entra, joga-se contra a porta como se temesse que alguém o tivesse seguido; ofegante, suado, preso pela impotência de sua espinha gelada, de sua certeza; se algo ou alguém entrasse, você não poderia resistir, se afastaria da porta, deixaria que agisse. Pega febrilmente a poltrona, coloca-a contra essa porta sem fechadura, empurra a cama para a porta, até fazer-lhe uma tranca, e se joga sobre ela exausto, exausto e abúlico, com os olhos cerrados e os braços apertados ao redor de seu travesseiro; seu travesseiro que não é seu; nada é seu...

Cai nesse torpor, cai até o fundo desse sonho que é sua única saída, sua única negativa à loucura. "Está louca, está louca", repete para si mesmo a fim de adormecer, repetindo com as palavras a imagem da anciã que no ar tira o couro do cabrito de vento com sua faca de ar: "... está louca...", no fundo do abismo escuro, em seu sonho silencioso, de bocas abertas, em silêncio, verá que ela avança até você, do fundo negro do abismo, verá que ela avança de gatinhas.

Em silêncio,

movendo a mão descarnada, avançando

para você até que seu rosto se junte ao seu e você veja essas gengivas sangrentas da velha, essas gengivas sem dentes e você grita e ela torna a se afastar, movendo a mão, semeando ao longo do abismo os dentes amarelos que vai arrancando do avental manchado de sangue:

seu grito é o eco do grito de Aura, diante de você no sonho, Aura que grita porque umas mãos lhe rasgaram pelo meio sua saia de tafetá verde e

essa cabeça tonsurada,

com as pregas rasgadas da saia entre as mãos, volta-se para você e ri em silêncio, com os dentes da velha superpostos aos seus, enquanto as pernas de Aura, suas pernas despidas, caem quebradas e voam para o abismo...

Você escuta a batida na porta, o sino atrás da batida, o sino do jantar. A dor de cabeça o impede de ler os números, a posição dos ponteiros do relógio; sabe que é tarde: diante de sua cabeça recostada passam as nuvens da noite atrás da claraboia. Você se põe de pé penosamente, perturbado, faminto. Põe o garrafão de vidro sob a torneira da banheira, espera que a água corra, enche o garrafão que você retira e esvazia dentro da bacia onde você lava o rosto, os dentes com sua velha escova lambuzada de pasta esverdeada, molha o cabelo – sem se advertir de que devia fazer tudo isto ao inverso –, penteia-se cuidadosamente diante do espelho ovalado do armário de nogueira, dá o nó na gravata, veste o paletó e desce para uma sala de jantar vazia, onde só foi colocado um talher: o seu.

E ao lado de seu prato, debaixo do guardanapo, esse objeto que os seus dedos roçam, essa bonequinha frágil, de pano, cheia de uma farinha que lhe sai pelo ombro malcosturado; o rosto pintado com nanquim, o corpo nu, detalhado com escassas pinceladas. Você come seu jantar frio – rins, tomates, vinho – com a mão direita; segura a boneca entre os dedos da esquerda.

Você come mecanicamente, com a boneca na mão esquerda e o garfo na outra, sem se dar conta, no início, de sua própria atitude hipnótica, entrevendo depois uma razão em sua sesta opressiva, em seu pesadelo; identificando, afinal, seus movimentos de sonâmbulo com os de Aura, com os da anciã: olhando com asco para essa bonequinha horrorosa que seus dedos acariciam, na qual você começa a suspeitar uma doença secreta, um contágio. Deixa-a cair no chão. Limpa os lábios com o guardanapo. Consulta o relógio e se lembra que Aura lhe marcou encontro em seu quarto.

Você se aproxima cautelosamente da porta de dona Consuelo e não ouve nenhum ruído. Consulta novamente seu relógio: são apenas nove horas. Você decide descer às cegas para esse pátio coberto, sem luz, que não voltou a visitar desde que o atravessou, sem vê-lo, no dia de sua chegada a esta casa.

Você toca nas paredes úmidas, enlameadas; aspira o ar perfumado e quer decompor os elementos de seu cheiro, reconhecer os aromas pesados, suntuosos, que o cercam. O fósforo aceso ilumina, piscando, esse pátio estreito e úmido, de tijolo, no qual crescem, de cada lado, as plantas semeadas sobre as margens de terra vermelha e solta. Você distingue as formas altas, cheias de ramos, que projetam suas sombras à luz do fósforo que se consome, queima-lhe os dedos, obriga-o a acender um novo para acabar de reconhecer as flores, os frutos, os talos que você se lembra de terem sido mencionados em velhas crônicas: as ervas esquecidas que crescem perfumadas, adormecidas – as folhas amplas, longas, fendidas, peludas do meimendro; o caule sarmentoso de flores amarelas por fora, vermelhas por dentro; as folhas rígidas e agudas da dulcamara; a penugem cinzenta do verbasco, suas flores espigadas; o arbusto ramoso do evônimo e as flores esbranquiçadas; a beladona. Recuperam vida à luz de seu fósforo, mexem com suas sombras enquanto você recria os usos deste herbário que dilata as pupilas, acalma a dor, alivia os partos, consola, cansa a vontade, consola com uma calma voluptuosa.

Fica sozinho com os perfumes quando o terceiro fósforo se apaga. Sobe com passos lentos para o vestíbulo, torna a encostar o ouvido na porta da senhora Consuelo, segue, nas pontas dos pés, para a porta de Aura; empurra-a, sem avisar, e entra nesse aposento despojado, onde um círculo de luz ilumina a cama, o grande crucifixo mexicano, a mulher que avançará para você quando a porta se fechar.

Aura vestida de verde, com essa bata de tafetá por onde surgem, ao avançar até você, a mulher, as coxas cor de lua. A mulher, você repetirá ao tê-la perto, a mulher, não a jovem de ontem; a jovem de ontem – quando com seus dedos tocar sua cintura – não podia ter mais de vinte anos; a mulher de hoje – e você acaricia seu cabelo negro, solto, sua face pálida – parece ter quarenta: algo se endureceu entre ontem e hoje, ao redor dos olhos verdes; o vermelho dos lábios se escureceu fora de sua forma antiga, como se quisesse fixar-se num trejeito alegre, num sorriso perturbado; como se alternasse, como essa planta do pátio, o sabor do mel e o da amargura. Você não tem tempo de pensar mais:

– Sente-se na cama, Felipe.

– Sim.

– Vamos brincar. Não faça nada. Deixeme fazer tudo.

Sentado na cama, você tenta distinguir a origem dessa luz difusa, opalina, que apenas lhe permite separar os objetos, a presença de Aura, da atmosfera dourada que os envolve. Ela o verá olhando para cima, procurando essa origem. Pela voz, você sabe que está ajoelhada diante de você:

– O céu não é alto nem baixo. Está em cima e debaixo de nós ao mesmo tempo.

Você tirará os sapatos, as meias e ela lhe acariciará os pés nus.

Você sente a água morna que banha a sola de seus pés, alivia-as, enquanto ela o lava com uma fazenda grossa, dirige olhares furtivos ao Cristo de madeira negra, afasta-se por fim de seus pés, segura em sua mão, prende uns botões de violeta no cabelo solto, toma-o entre os braços e cantarola essa melodia, essa valsa que você baila com ela, preso ao sussurro de sua voz, girando ao ritmo lentíssimo, solene, que ela lhe impõe, alheio aos movimentos ligeiros de suas mãos que desabotoam a sua camisa, acariciam-lhe o peito, procuram suas costas, enterram-se nelas. Também você murmura essa canção sem letra, melodia que surge naturalmente de sua garganta; os dois giram, cada vez mais próximos do leito; você abafa a canção murmurada com seus beijos famintos sobre a boca de Aura, para a dança com seus beijos apressados sobre os ombros e os peitos de Aura.

Você segura a bata vazia entre as mãos. Aura, de cócoras sobre a cama, põe esse objeto contra as coxas fechadas, acaricia-o, chama você com a mão. Acaricia essa coisa de farinha fina, quebra-a sobre suas coxas, indiferentes às migalhas que escorrem por suas cadeiras: oferece-lhe a metade da pequena porção que você pega, leva à boca ao mesmo tempo que ela, engole com dificuldade; depois cai sobre o corpo despido de Aura, sobre seus braços abertos, estendidos de um extremo ao outro da cama, como o Cristo negro que pende da parede com sua tanga de seda escarlate, suas rótulas abertas, seu lado ferido, sua coroa de espinhos colocada sobre a peruca negra, emaranhada, entremeada com lantejoulas de prata. Aura se abrirá como um altar.

Você murmura o nome de Aura no ouvido de Aura. Sente os braços plenos da mulher contra suas costas. Escuta sua voz morna em sua orelha.

– Você me quererá para sempre?

– Sempre, Aura, eu amarei sempre você.

– Sempre? Você me jura?

– Eu lhe juro.

– Ainda que eu envelheça? Ainda que perca minha beleza? Ainda que fique de cabelos brancos?

– Sempre, meu amor, sempre.

– Ainda que eu morra, Felipe? Você me amará sempre, ainda que eu morra?

– Sempre, sempre. Eu juro. Nada pode me separar de você.

– Venha, Felipe, venha...

Você procura, ao despertar, o ombro de Aura e só toca nesse travesseiro, ainda quente, e nos lençóis brancos que o envolvem.

Você murmura novamente o seu nome.

Abre os olhos: vê Aura sorrindo, de pé, ao pé da cama, porém sem olhá-lo. Você a vê caminhar lentamente para esse canto do quarto, sentar-se no chão, colocar os braços sobre os joelhos negros que emergem da escuridão que você tenta penetrar, acariciar a mão enrugada que se adianta do fundo da obscuridade cada vez mais clara: aos pés da velha senhora Consuelo, que está sentada nessa poltrona que você observa pela primeira vez – a senhora Consuelo que lhe sorri, balançando a cabeça, que lhe sorri junto com Aura que move a cabeça ao mesmo tempo que a velha; as duas sorriem para você, lhe agradecem. Deitado, sem vontade, você pensa que a anciã tenha estado todo o tempo no quarto;

você se lembra de seus movimentos, sua voz, sua dança,

por mais que você diga a si mesmo que ela não esteve ali.

As duas se levantarão ao mesmo tempo. Consuelo da cadeira, Aura do chão. As duas lhe darão as costas, caminharão pausadamente para a porta que se comunica com o aposento da velha, passarão juntas para o quarto onde emulam as luzes colocadas diante das imagens, cerrarão a porta atrás delas, deixarão você dormir na cama de Aura.

V

Você dorme cansado, insatisfeito. Já no sonho sentiu essa vaga melancolia, essa opressão no diafragma, essa tristeza que não se deixa apreender por sua imaginação. Senhor do quarto de Aura, você dorme na solidão, longe do corpo que pensará ter possuído.

Ao acordar, você busca outra presença no quarto e sabe que não é a de Aura a que o inquieta, mas a dupla presença de algo que foi engendrado na noite passada. Você põe as mãos nas têmporas, procurando acalmar seus sentidos em desordem; essa tristeza vencida insinua-se em você, voz baixa, na recordação inacessível da premonição, que procura sua outra metade, que a concepção estéril da noite passada gerou seu próprio sósia.

E já não está pensando, porque existem coisas mais fortes que a imaginação: o hábito que o obriga a se levantar, procurar o banheiro anexo a esse aposento, não encontrá-lo, sair esfregando as pálpebras, subir para o segundo andar saboreando a acidez pastosa da língua, entrar em seu quarto acariciando suas faces de cabelos revoltos, deixar a água correr nas torneiras da banheira e introduzir-se na água morna, deixar-se ir, não pensar mais.

E quando está se enxugando, você se recordará da velha e da jovem que lhe sorriram, abraçadas, antes de irem juntas, abraçadas; você repete para si mesmo que sempre, quando estão juntas, elas fazem exatamente a mesma coisa: abraçam-se, sorriem, comem, falam, entram, saem, ao mesmo tempo, como se uma imitasse a outra, como se a vontade de uma dependesse da existência da outra. Você corta levemente o rosto, pensando nestas coisas enquanto se barbeia; esforça-se para se dominar. Termina sua higiene pessoal contando os objetos do armarinho de medicamentos, os frascos e tubos que o criado que você nunca viu trouxe da pensão: você murmura os nomes desses objetos, toca neles, lê as indicações de uso e conteúdo, pronuncia a marca de fábrica, preso a esses objetos para se esquecer do outro, o outro sem nome, sem marca, sem consistência racional. Que espera Aura de você? Acaba afinal perguntando-se a si mesmo enquanto fecha com um empurrão o armarinho. O que deseja ela?

Responde-lhe o ritmo surdo desse sino que anda ao longo do corredor, advertindo-o que o café da manhã está pronto. Você caminha com o peito nu para a porta; e ao abri-la encontra Aura; deve ser Aura porque você viu o tafetá verde de sempre, ainda que um véu esverdeado oculte suas feições. Você segura o pulso da mulher, esse pulso delgado que treme...

– O café está pronto... – lhe dirá com a voz mais baixa que você já ouviu...

– Aura. Chega de enganos.

– Enganos?

– Diga-me se a senhora Consuelo a impede de sair, de ter sua vida; por que há de estar presente quando eu e você...? Diga-me que você se irá comigo quando...

– Irmos nós dois? Para onde?

– Lá para fora, para o mundo. Para vivermos juntos. Você não pode sentir-se para sempre acorrentada à sua tia... Por que essa dedicação? Você gosta tanto dela assim?

– Gostar dela...

– Sim; por que se há de sacrificar assim?

– Eu gostar dela? Ela é que me quer. Ela se sacrifica por mim.

– Mas é uma mulher velha, quase um cadáver; você não pode...

– Ela tem mais vida do que eu. Sim, é velha, é repulsiva... Felipe, não quero voltar... não quero ser como ela... outra...

– Você se enterra em vida. Tem que renascer, Aura...

– Tem-se que morrer antes de se renascer... Não. Você não entende. Esqueça, Felipe; tenha confiança em mim.

– Se você me explicasse...

– Tenha confiança. Ela vai sair hoje durante todo o dia...

– Ela?

– Sim, a outra.

– Vai sair? Mas se nunca...

– Sim, às vezes sai. Faz um grande esforço

e sai. Hoje vai sair. Durante todo o dia... Você e eu podemos...

– Irmos embora?

– Se você quiser...

– Não, talvez ainda não. Estou contratado para um trabalho... Quando terminar o trabalho, então sim...

– Ah, sim. Ela vai sair durante todo o dia. Podemos fazer alguma coisa...

– O quê?

– Espero-o esta noite no quarto de minha tia. Espero-o como sempre.

Ela lhe dará as costas e irá embora tocando esse sininho, como os leprosos que com ele apregoam sua proximidade, advertem os incautos: "Afaste-se, afaste-se". Você veste a camisa e o paletó, segue o ruído espaçado do sino que se dirige, diante de você, para a sala de jantar; deixa de ouvi-lo ao entrar na sala; caminha para você, encurvada, sustentada por um cajado nodoso, a viúva de Llorente, que sai da sala, pequena, enrugada, vestida com esse traje branco, esse véu de gaze escurecido, rasgado, passa a seu lado sem olhá-lo, assoando o nariz com um lenço, assoando e cuspindo continuamente, murmurando:

– Hoje não estarei em casa, senhor Montero. Confio em seu trabalho. Adiante-o, senhor. As memórias de meu esposo devem ser publicadas.

Ela se afastará, pisando nos tapetes com seus pequenos pés de boneca antiga, apoiada nesse bastão, cuspindo, espirrando como se quisesse expulsar algo de suas vias respiratórias, de seus pulmões congestionados. Você tem vontade de não segui-la com o olhar; domina a curiosidade que sente ante esse traje de noiva amarelecido, extraído do fundo do velho baú que está no quarto...

Você mal prova o café preto e frio que o espera na sala de jantar. Permanece uma hora sentado na velha e alta poltrona ogival, fumando, esperando os ruídos que nunca chegam, até ficar seguro de que a anciã saiu de casa e não poderá surpreendê-lo. Porque na mão, apertada, você tem já há uma hora a chave da grande arca e agora se dirige, sem fazer barulho, para a sala, para o vestíbulo onde espera mais quinze minutos – seu relógio marcará – com o ouvido pegado à porta de dona Consuelo, a porta que em seguida você empurra levemente, até distinguir, atrás da teia de aranha dessas luzes votivas, a cama vazia, desarrumada, sobre a qual a coelha rói suas cenouras cruas: a cama sempre regada de migalhas que você agora toca, como se acreditasse que a pequeníssima anciã pudesse estar escondida entre as pregas dos lençóis.

Você caminha até o baú colocado no canto; pisa no rabo de um rato que chia, escapa do peso de sua sola, corre para avisar os demais ratos quando sua mão aproxima a chave de cobre da chapa pesada, cheia de bolor, que range quando você introduz a chave, afasta o cadeado, ergue a tampa e escuta o ruído dos gonzos mofados. Você tira a terceira pasta – com faixa vermelha – das memórias e ao levantá-la encontra essas fotografias velhas, duras, comidas nas bordas, que você também pega, sem vê-las, apertando todo o tesouro contra seu peito, fugindo sigilosamente, sem sequer fechar o baú, esquecendo a fome dos ratos, para ultrapassar o umbral, fechar a porta, encostar-se na parede do vestíbulo, respirar normalmente, subir para seu quarto.

Ali você lerá os novos papéis, a continuação, as datas de um século em agonia. O general Llorente fala com sua linguagem mais florida da personalidade de Eugênia de Montijo, verte todo o seu respeito para com a figura de Napoleão, o Pequeno, exuma sua retórica mais marcial para anunciar a guerra franco-prussiana, enche páginas de dor ante a derrota, arenga aos homens de honra contra o monstro republicano, vê no general Boulanger um rio de esperança, suspira pelo México, sente que no caso Dreyfus a honra – sempre a honra – do exército voltou a se impor... As folhas amarelas se rasgam sob seu tato; você já não as respeita, só procura a nova aparição da mulher de olhos verdes: "Sei por que você chora às vezes, Consuelo. Não lhe pude dar filhos, para você, que irradia a vida..." E depois: "Consuelo, não tente a Deus. Devemos nos conformar. Não lhe basta o meu carinho? Eu sei que você me ama; eu o sinto. Não lhe peço conformidade, porque isso seria ofendê-la. Peço-lhe somente que veja nesse grande amor que diz me ter, algo suficiente, algo que possa satisfazer-nos aos dois sem necessidade de recorrer à imaginação enfermiça..." E em outra página:

"Avisei a Consuelo que essas beberagens não servem para nada. Ela insiste em cultivar suas próprias plantas no jardim. Diz que não se engana. As ervas não lhe fertilizarão o corpo, mas a alma..." Mais tarde: "Encontrei-a delirante, abraçada a seu travesseiro. Gritava: 'Sim, sim, sim, consegui: eu a encarnei; posso convocá-la, posso dar-lhe vida com minha vida'. Tive de chamar o médico. Me disse que não poderia acalmá-la, precisamente porque ela estava sob o efeito de narcóticos, não de excitantes..." E no fim: "Hoje a descobri, de madrugada, caminhando sozinha e descalça ao longo dos corredores. Quis detê-la. Passou sem me olhar, porém suas palavras eram dirigidas a mim. 'Não me detenha – disse –, vou para minha juventude, minha juventude vem a mim. Já está entrando, está no jardim, já está chegando'... Consuelo, pobre Consuelo... Consuelo, o demônio também foi um anjo, antes..."

E nada mais. Ali terminam as memórias do general Llorente: "*Consuelo, le démon aussi était un ange, avant...*"

E atrás da última folha, os retratos. O retrato desse cavalheiro antigo, vestido de militar: a velha fotografia com as letras num canto – *Moulin, Photographe. 35 Boulevard Haussmann* e a data 1894. E a fotografia de Aura: de Aura com seus olhos verdes, seu cabelo negro preso em cachos, reclinada sobre essa coluna dórica, com a paisagem pintada ao fundo – a paisagem de Lorelei no Reno, o traje abotoado até o pescoço, o lenço na mão, as anquinhas: Aura e a data 1876, escrita com tinta branca e atrás, sobre o cartão dobrado do daguerreótipo, essa letra fina – *Fait pour notre dixième anniversaire de mariage* e a assinatura com a mesma letra, *Consuelo Llorente.* Você verá, na terceira foto, Aura em companhia do velho, agora vestido à paisana, ambos sentados em um banco, num jardim. A foto se apagou um pouco; Aura não se mostrará tão jovem como na primeira fotografia, porém é ela, é ele, é... é você.

Você põe essas fotografias perto dos olhos, ergue-as até a claraboia; tapa com uma mão a barba branca do general Llorente, imagina-o com o cabelo preto e sempre se encontra, apagado, perdido, esquecido, porém você, você, você.

A cabeça lhe dá voltas, inundada pelo ritmo dessa valsa distante que supre a vista, o tato, o cheiro de plantas úmidas e perfumadas; cai esgotado sobre a cama, toca em suas faces, nos olhos, no nariz, como se temesse que uma mão invisível lhe tivesse arrancado a máscara que você trouxe durante vinte e sete anos: essas feições de borracha e papelão que durante um quarto de século cobriram sua verdadeira face, seu rosto antigo, o que você teve antes e tinha se esquecido. Esconde a cara no travesseiro, tentando impedir que o ar lhe arranque as feições que são suas, que você quer para si. Permanece com a cara afundada no travesseiro, com os olhos abertos atrás da almofada, esperando pelo que há de vir, o que você não poderá impedir. Não tornará a olhar seu relógio, esse objeto inútil que mede falsamente um tempo concedido à vaidade humana, esses ponteiros que marcam tediosamente as longas horas inventadas para enganar o verdadeiro tempo, o tempo que corre com a velocidade insultante, mortal, que nenhum relógio pode medir. Uma vida, um século, cinquenta anos: já não lhe será possível imaginar essas medidas mentirosas, já não lhe será possível tomar entre as mãos esse pó sem corpo.

Quando você se separar do travesseiro, encontrará uma escuridão maior ao redor de si. Terá caído a noite.

Terá caído a noite. Correrão, atrás dos vidros altos, as nuvens negras, velozes, que rasgam a luz opaca que se empenha em evaporá-las e mostrar sua redondeza pálida e sorridente. Surgirá a lua, antes que o vapor escuro torne a empaná-la.

Você já não esperará. Já não consultará seu relógio. Descerá rapidamente os degraus que o afastam dessa cela onde terão ficado jogados os velhos papéis, os daguerreótipos desbotados; você descerá para o corredor, se deterá diante da porta da senhora Consuelo, escutará sua própria voz, surda, transformada depois de tantas horas de silêncio:

– Aura...

Você repetirá: – Aura...

Entrará no quarto. As luzes dos lampiões terão se extinguido. Você se lembrará que a velha esteve ausente todo o dia e que a cera se terá consumido, sem a atenção dessa mulher devota. Avançará na escuridão, para a cama. Repetirá:

– Aura...

E escutará o leve farfalhar do tafetá sobre os edredons, a segunda respiração que acompanha a sua; estenderá a mão para tocar na bata verde de Aura; escutará a voz de Aura:

– Não... não me toque... Deite-se a meu lado...

Você tocará na quina da cama, levantará as pernas e permanecerá imóvel, deitado. Não poderá evitar um tremor:

– Ela pode regressar a qualquer momento...

– Ela já não regressará.

– Nunca?

– Estou esgotada. Ela já se esgotou. Nunca pude mantê-la a meu lado por mais de três dias.

– Aura...

Você quererá aproximar sua mão dos seios de Aura. Ela lhe dará as costas; você o saberá pela nova distância de sua voz.

– Não... Não me toque...

– Aura... eu amo você.

– Sim, você me ama. Me amará sempre, você disse ontem...

– Sempre a amarei. Não posso viver sem seus beijos, sem seu corpo...

– Beije-me o rosto, somente o rosto.

Você aproximará seus lábios da cabeça reclinada junto à sua, acariciará outra vez os cabelos longos de Aura; tomará violentamente a frágil mulher pelos ombros, sem escutar seu gemido agudo; lhe arrancará a bata de tafetá, abraçá-la-á, e a sentirá nua, pequena e perdida em seu abraço, sem forças, não fará caso de sua resistência lamuriosa, de seu pranto impotente, beijará a pele do rosto sem pensar, sem distinguir: tocará esses seios flácidos até que a luz penetre suavemente e o surpreenda, o obrigue a afastar o rosto, procurar a grade da parede por onde começa a penetrar a luz da lua, essa fresta aberta pelos ratos, esse olho da parede que deixa filtrar a luz prateada que cai sobre o cabelo branco de Aura, sobre o rosto devastado composto de cascas de cebola, pálido, seco e enrugado como uma ameixa cozida: você afastará seus lábios dos lábios sem carne que você esteve beijando, das gengivas sem dentes que se abrem diante de você; verá sob a luz da lua o corpo despido da velha, da senhora Consuelo, frouxo, lacerado, pequeno e velho, tremendo levemente porque você toca nele, você o ama, você também regressou...

Então mergulhará sua cabeça, seus olhos abertos, no cabelo prateado de Consuelo, a mulher que voltará a abraçá-lo quando a lua passar, facho tapado pelas nuvens, oculta ambos, leva no ar, por algum tempo, a memória da juventude, a memória encarnada.

– Ela voltará, Felipe, nós a traremos juntos. Deixe que eu recupere as forças e a farei voltar...

Coleção L&PM POCKET (LANÇAMENTOS MAIS RECENTES)

741.**Sol nascente** – Michael Crichton
742.**Duzentos ladrões** – Dalton Trevisan
743.**Os devaneios do caminhante solitário** – Rousseau
744.**Garfield, o rei da preguiça (10)** – Jim Davis
745.**Os magnatas** – Charles R. Morris
746.**Pulp** – Charles Bukowski
747.**Enquanto agonizo** – William Faulkner
748.**Aline: viciada em sexo (3)** – Adão Iturrusgarai
749.**A dama do cachorrinho** – Anton Tchékhov
750.**Tito Andrônico** – Shakespeare
751.**Antologia poética** – Anna Akhmátova
752.**O melhor de Hagar 6** – Dik e Chris Browne
753(12).**Michelangelo** – Nadine Sautel
754.**Dilbert (4)** – Scott Adams
755.**O jardim das cerejeiras** *seguido de* **Tio Vânia** – Tchékhov
756.**Geração Beat** – Claudio Willer
757.**Santos Dumont** – Alcy Cheuiche
758.**Budismo** – Claude B. Levenson
759.**Cleópatra** – Christian-Georges Schwentzel
760.**Revolução Francesa** – Frédéric Bluche, Stéphane Rials e Jean Tulard
761.**A crise de 1929** – Bernard Gazier
762.**Sigmund Freud** – Edson Sousa e Paulo Endo
763.**Império Romano** – Patrick Le Roux
764.**Cruzadas** – Cécile Morrisson
765.**O mistério do Trem Azul** – Agatha Christie
766.**Os escrúpulos de Maigret** – Simenon
767.**Maigret se diverte** – Simenon
768.**Senso comum** – Thomas Paine
769.**O parque dos dinossauros** – Michael Crichton
770.**Trilogia da paixão** – Goethe
771.**A simples arte de matar** (vol.1) – R. Chandler
772.**A simples arte de matar** (vol.2) – R. Chandler
773.**Snoopy: No mundo da lua! (8)** – Charles Schulz
774.**Os Quatro Grandes** – Agatha Christie
775.**Um brinde de cianureto** – Agatha Christie
776.**Súplicas atendidas** – Truman Capote
777.**Ainda restam aveleiras** – Simenon
778.**Maigret e o ladrão preguiçoso** – Simenon
779.**A viúva imortal** – Millôr Fernandes
780.**Cabala** – Roland Goetschel
781.**Capitalismo** – Claude Jessua
782.**Mitologia grega** – Pierre Grimal
783.**Economia: 100 palavras-chave** – Jean-Paul Betbèze
784.**Marxismo** – Henri Lefebvre
785.**Punição para a inocência** – Agatha Christie
786.**A extravagância do morto** – Agatha Christie
787(13).**Cézanne** – Bernard Fauconnier
788.**A identidade Bourne** – Robert Ludlum
789.**Da tranquilidade da alma** – Sêneca
790.**Um artista da fome** *seguido de* **Na colônia penal e outras histórias** – Kafka
791.**Histórias de fantasmas** – Charles Dickens
792.**A louca de Maigret** – Simenon
793.**O amigo de infância de Maigret** – Simenon
794.**O revólver de Maigret** – Simenon
795.**A fuga do sr. Monde** – Simenon
796.**O Uraguai** – Basílio da Gama
797.**A mão misteriosa** – Agatha Christie
798.**Testemunha ocular do crime** – Agatha Christie
799.**Crepúsculo dos ídolos** – Friedrich Nietzsche
800.**Maigret e o negociante de vinhos** – Simenon
801.**Maigret e o mendigo** – Simenon
802.**O grande golpe** – Dashiell Hammett
803.**Humor barra pesada** – Nani
804.**Vinho** – Jean-François Gautier
805.**Egito Antigo** – Sophie Desplancques
806(14).**Baudelaire** – Jean-Baptiste Baronian
807.**Caminho da sabedoria, caminho da paz** – Dalai Lama e Felizitas von Schönborn
808.**Senhor e servo e outras histórias** – Tolstói
809.**Os cadernos de Malte Laurids Brigge** – Rilke
810.**Dilbert (5)** – Scott Adams
811.**Big Sur** – Jack Kerouac
812.**Seguindo a correnteza** – Agatha Christie
813.**O álibi** – Sandra Brown
814.**Montanha-russa** – Martha Medeiros
815.**Coisas da vida** – Martha Medeiros
816.**A cantada infalível** *seguido de* **A mulher do centroavante** – David Coimbra
817.**Maigret e os crimes do cais** – Simenon
818.**Sinal vermelho** – Simenon
819.**Snoopy: Pausa para a soneca (9)** – Charles Schulz
820.**De pernas pro ar** – Eduardo Galeano
821.**Tragédias gregas** – Pascal Thiercy
822.**Existencialismo** – Jacques Colette
823.**Nietzsche** – Jean Granier
824.**Amar ou depender?** – Walter Riso
825.**Darmapada: A doutrina budista em versos**
826.**J'Accuse...! – a verdade em marcha** – Zola
827.**Os crimes ABC** – Agatha Christie
828.**Um gato entre os pombos** – Agatha Christie
829.**Maigret e o sumiço do sr. Charles** – Simenon
830.**Maigret e a morte do jogador** – Simenon
831.**Dicionário de teatro** – Luiz Paulo Vasconcellos
832.**Cartas extraviadas** – Martha Medeiros
833.**A longa viagem de prazer** – J. J. Morosoli
834.**Receitas fáceis** – J. A. Pinheiro Machado
835.(14).**Mais fatos & mitos** – Dr. Fernando Lucchese
836.(15).**Boa viagem!** – Dr. Fernando Lucchese
837.**Aline: Finalmente nua!!!** (4) – Adão Iturrusgarai
838.**Mônica tem uma novidade!** – Mauricio de Sousa
839.**Cebolinha em apuros!** – Mauricio de Sousa
840.**Sócios no crime** – Agatha Christie
841.**Bocas do tempo** – Eduardo Galeano
842.**Orgulho e preconceito** – Jane Austen
843.**Impressionismo** – Dominique Lobstein
844.**Escrita chinesa** – Viviane Alleton
845.**Paris: uma história** – Yvan Combeau
846(15).**Van Gogh** – David Haziot
847.**Maigret e o corpo sem cabeça** – Simenon
848.**Portal do destino** – Agatha Christie
849.**O futuro de uma ilusão** – Freud
850.**O mal-estar na cultura** – Freud
851.**Maigret e o matador** – Simenon
852.**Maigret e o fantasma** – Simenon
853.**Um crime adormecido** – Agatha Christie
854.**Satori em Paris** – Jack Kerouac

855.**Medo e delírio em Las Vegas** – Hunter Thompson
856.**Um negócio fracassado e outros contos de humor** – Tchékhov
857.**Mônica está de férias!** – Mauricio de Sousa
858.**De quem é esse coelho?** – Mauricio de Sousa
859.**O burgomestre de Furnes** – Simenon
860.**O mistério Sittaford** – Agatha Christie
861.**Manhã transfigurada** – L. A. de Assis Brasil
862.**Alexandre, o Grande** – Pierre Briant
863.**Jesus** – Charles Perrot
864.**Islã** – Paul Balta
865.**Guerra da Secessão** – Farid Ameur
866.**Um rio que vem da Grécia** – Cláudio Moreno
867.**Maigret e os colegas americanos** – Simenon
868.**Assassinato na casa do pastor** – Agatha Christie
869.**Manual do líder** – Napoleão Bonaparte
870(16).**Billie Holiday** – Sylvia Fol
871.**Bidu arrasando!** – Mauricio de Sousa
872.**Desventuras em família** – Mauricio de Sousa
873.**Liberty Bar** – Simenon
874.**E no final a morte** – Agatha Christie
875.**Guia prático do Português correto – vol. 4** – Cláudio Moreno
876.**Dilbert (6)** – Scott Adams
877(17).**Leonardo da Vinci** – Sophie Chauveau
878.**Bella Toscana** – Frances Mayes
879.**A arte da ficção** – David Lodge
880.**Striptiras (4)** – Laerte
881.**Skrotinhos** – Angeli
882.**Depois do funeral** – Agatha Christie
883.**Radicci 7** – Iotti
884.**Walden** – H. D. Thoreau
885.**Lincoln** – Allen C. Guelzo
886.**Primeira Guerra Mundial** – Michael Howard
887.**A linha de sombra** – Joseph Conrad
888.**O amor é um cão dos diabos** – Bukowski
889.**Maigret sai em viagem** – Simenon
890.**Despertar: uma vida de Buda** – Jack Kerouac
891(18).**Albert Einstein** – Laurent Seksik
892.**Hell's Angels** – Hunter Thompson
893.**Ausência na primavera** – Agatha Christie
894.**Dilbert (7)** – Scott Adams
895.**Ao sul de lugar nenhum** – Bukowski
896.**Maquiavel** – Quentin Skinner
897.**Sócrates** – C.C.W. Taylor
898.**A casa do canal** – Simenon
899.**O Natal de Poirot** – Agatha Christie
900.**As veias abertas da América Latina** – Eduardo Galeano
901.**Snoopy: Sempre alerta! (10)** – Charles Schulz
902.**Chico Bento: Plantando confusão** – Mauricio de Sousa
903.**Penadinho: Quem é morto sempre aparece** – Mauricio de Sousa
904.**A vida sexual da mulher feia** – Claudia Tajes
905.**100 segredos de liquidificador** – José Antonio Pinheiro Machado
906.**Sexo muito prazer 2** – Laura Meyer da Silva
907.**Os nascimentos** – Eduardo Galeano
908.**As caras e as máscaras** – Eduardo Galeano
909.**O século do vento** – Eduardo Galeano
910.**Poirot perde uma cliente** – Agatha Christie
911.**Cérebro** – Michael O'Shea
912.**O escaravelho de ouro e outras histórias** – Edgar Allan Poe
913.**Piadas para sempre (4)** – Visconde da Casa Verde
914.**100 receitas de massas light** – Helena Tonetto
915(19).**Oscar Wilde** – Daniel Salvatore Schiffer
916.**Uma breve história do mundo** – H. G. Wells
917.**A Casa do Penhasco** – Agatha Christie
918.**Maigret e o finado sr. Gallet** – Simenon
919.**John M. Keynes** – Bernard Gazier
920(20).**Virginia Woolf** – Alexandra Lemasson
921.**Peter e Wendy** *seguido de* **Peter Pan em Kensington Gardens** – J. M. Barrie
922.**Aline: numas de colegial (5)** – Adão Iturrusgarai
923.**Uma dose mortal** – Agatha Christie
924.**Os trabalhos de Hércules** – Agatha Christie
925.**Maigret na escola** – Simenon
926.**Kant** – Roger Scruton
927.**A inocência do Padre Brown** – G.K. Chesterton
928.**Casa Velha** – Machado de Assis
929.**Marcas de nascença** – Nancy Huston
930.**Aulete de bolso**
931.**Hora Zero** – Agatha Christie
932.**Morte na Mesopotâmia** – Agatha Christie
933.**Um crime na Holanda** – Simenon
934.**Nem te conto, João** – Dalton Trevisan
935.**As aventuras de Huckleberry Finn** – Mark Twain
936(21).**Marilyn Monroe** – Anne Plantagenet
937.**China moderna** – Rana Mitter
938.**Dinossauros** – David Norman
939.**Louca por homem** – Claudia Tajes
940.**Amores de alto risco** – Walter Riso
941.**Jogo de damas** – David Coimbra
942.**Filha é filha** – Agatha Christie
943.**M ou N?** – Agatha Christie
944.**Maigret se defende** – Simenon
945.**Bidu: diversão em dobro!** – Mauricio de Sousa
946.**Fogo** – Anaïs Nin
947.**Rum: diário de um jornalista bêbado** – Hunter Thompson
948.**Persuasão** – Jane Austen
949.**Lágrimas na chuva** – Sergio Faraco
950.**Mulheres** – Bukowski
951.**Um pressentimento funesto** – Agatha Christie
952.**Cartas na mesa** – Agatha Christie
953.**Maigret em Vichy** – Simenon
954.**O lobo do mar** – Jack London
955.**Os gatos** – Patricia Highsmith
956(22).**Jesus** – Christiane Rancé
957.**História da medicina** – William Bynum
958.**O Morro dos Ventos Uivantes** – Emily Brontë
959.**A filosofia na era trágica dos gregos** – Nietzsche
960.**Os treze problemas** – Agatha Christie
961.**A massagista japonesa** – Moacyr Scliar
962.**A taberna dos dois tostões** – Simenon
963.**Humor do miserê** – Nani
964.**Todo o mundo tem dúvida, inclusive você** – Édison de Oliveira
965.**A dama do Bar Nevada** – Sergio Faraco
966.**O Smurf Repórter** – Peyo
967.**O Bebê Smurf** – Peyo
968.**Maigret e os flamengos** – Simenon
969.**O psicopata americano** – Bret Easton Ellis
970.**Ensaios de amor** – Alain de Botton
971.**O grande Gatsby** – F. Scott Fitzgerald
972.**Por que não sou cristão** – Bertrand Russell

973.**A Casa Torta** – Agatha Christie
974.**Encontro com a morte** – Agatha Christie
975(23).**Rimbaud** – Jean-Baptiste Baronian
976.**Cartas na rua** – Bukowski
977.**Memória** – Jonathan K. Foster
978.**A abadia de Northanger** – Jane Austen
979.**As pernas de Úrsula** – Claudia Tajes
980.**Retrato inacabado** – Agatha Christie
981.**Solanin (1)** – Inio Asano
982.**Solanin (2)** – Inio Asano
983.**Aventuras de menino** – Mitsuru Adachi
984(16).**Fatos & mitos sobre sua alimentação** – Dr. Fernando Lucchese
985.**Teoria quântica** – John Polkinghorne
986.**O eterno marido** – Fiódor Dostoiévski
987.**Um safado em Dublin** – J. P. Donleavy
988.**Mirinha** – Dalton Trevisan
989.**Akhenaton e Nefertiti** – Carmen Seganfredo e A. S. Franchini
990.**On the Road – o manuscrito original** – Jack Kerouac
991.**Relatividade** – Russell Stannard
992.**Abaixo de zero** – Bret Easton Ellis
993(24).**Andy Warhol** – Mériam Korichi
994.**Maigret** – Simenon
995.**Os últimos casos de Miss Marple** – Agatha Christie
996.**Nico Demo** – Mauricio de Sousa
997.**Maigret e a mulher do ladrão** – Simenon
998.**Rousseau** – Robert Wokler
999.**Noite sem fim** – Agatha Christie
1000.**Diários de Andy Warhol (1)** – Editado por Pat Hackett
1001.**Diários de Andy Warhol (2)** – Editado por Pat Hackett
1002.**Cartier-Bresson: o olhar do século** – Pierre Assouline
1003.**As melhores histórias da mitologia: vol. 1** – A.S. Franchini e Carmen Seganfredo
1004.**As melhores histórias da mitologia: vol. 2** – A.S. Franchini e Carmen Seganfredo
1005.**Assassinato no beco** – Agatha Christie
1006.**Convite para um homicídio** – Agatha Christie
1007.**Um fracasso de Maigret** – Simenon
1008.**História da vida** – Michael J. Benton
1009.**Jung** – Anthony Stevens
1010.**Arsène Lupin, ladrão de casaca** – Maurice Leblanc
1011.**Dublinenses** – James Joyce
1012.**120 tirinhas da Turma da Mônica** – Mauricio de Sousa
1013.**Antologia poética** – Fernando Pessoa
1014.**A aventura de um cliente ilustre** ***seguido de*** **O último adeus de Sherlock Holmes** – Sir Arthur Conan Doyle
1015.**Cenas de Nova York** – Jack Kerouac
1016.**A corista** – Anton Tchékhov
1017.**O diabo** – Leon Tolstói
1018.**Fábulas chinesas** – Sérgio Capparelli e Márcia Schmaltz
1019.**O gato do Brasil** – Sir Arthur Conan Doyle
1020.**Missa do Galo** – Machado de Assis
1021.**O mistério de Marie Rogêt** – Edgar Allan Poe
1022.**A mulher mais linda da cidade** – Bukowski
1023.**O retrato** – Nicolai Gogol
1024.**O conflito** – Agatha Christie
1025.**Os primeiros casos de Poirot** – Agatha Christie
1026.**Maigret e o cliente de sábado** – Simenon
1027(25).**Beethoven** – Bernard Fauconnier
1028.**Platão** – Julia Annas
1029.**Cleo e Daniel** – Roberto Freire
1030.**Til** – José de Alencar
1031.**Viagens na minha terra** – Almeida Garrett
1032.**Profissões para mulheres e outros artigos feministas** – Virginia Woolf
1033.**Mrs. Dalloway** – Virginia Woolf
1034.**O cão da morte** – Agatha Christie
1035.**Tragédia em três atos** – Agatha Christie
1036.**Maigret hesita** – Simenon
1037.**O fantasma da Ópera** – Gaston Leroux
1038.**Evolução** – Brian e Deborah Charlesworth
1039.**Medida por medida** – Shakespeare
1040.**Razão e sentimento** – Jane Austen
1041.**A obra-prima ignorada** ***seguido de*** **Um episódio durante o Terror** – Balzac
1042.**A fugitiva** – Anaïs Nin
1043.**As grandes histórias da mitologia greco-romana** – A. S. Franchini
1044.**O corno de si mesmo & outras historietas** – Marquês de Sade
1045.**Da felicidade** ***seguido de*** **Da vida retirada** – Sêneca
1046.**O horror em Red Hook e outras histórias** – H. P. Lovecraft
1047.**Noite em claro** – Martha Medeiros
1048.**Poemas clássicos chineses** – Li Bai, Du Fu e Wang Wei
1049.**A terceira moça** – Agatha Christie
1050.**Um destino ignorado** – Agatha Christie
1051(26).**Buda** – Sophie Royer
1052.**Guerra Fria** – Robert J. McMahon
1053.**Simons's Cat: as aventuras de um gato travesso e comilão – vol. 1** – Simon Tofield
1054.**Simons's Cat: as aventuras de um gato travesso e comilão – vol. 2** – Simon Tofield
1055.**Só as mulheres e as baratas sobreviverão** – Claudia Tajes
1056.**Maigret e o ministro** – Simenon
1057.**Pré-história** – Chris Gosden
1058.**Pintou sujeira!** – Mauricio de Sousa
1059.**Contos de Mamãe Gansa** – Charles Perrault
1060.**A interpretação dos sonhos: vol. 1** – Freud
1061.**A interpretação dos sonhos: vol. 2** – Freud
1062.**Frufru Rataplã Dolores** – Dalton Trevisan
1063.**As melhores histórias da mitologia egípcia** – Carmem Seganfredo e A.S. Franchini
1064.**Infância. Adolescência. Juventude** – Tolstói
1065.**As consolações da filosofia** – Alain de Botton
1066.**Diários de Jack Kerouac – 1947-1954**
1067.**Revolução Francesa – vol. 1** – Max Gallo
1068.**Revolução Francesa – vol. 2** – Max Gallo
1069.**O detetive Parker Pyne** – Agatha Christie
1070.**Memórias do esquecimento** – Flávio Tavares
1071.**Drogas** – Leslie Iversen
1072.**Manual de ecologia (vol.2)** – J. Lutzenberger
1073.**Como andar no labirinto** – Affonso Romano de Sant'Anna
1074.**A orquídea e o serial killer** – Juremir Machado da Silva
1075.**Amor nos tempos de fúria** – Lawrence Ferlinghetti

1076.**A aventura do pudim de Natal** – Agatha Christie
1077.**Maigret no Picratt's** – Simenon
1078.**Amores que matam** – Patricia Faur
1079.**Histórias de pescador** – Mauricio de Sousa
1080.**Pedaços de um caderno manchado de vinho** – Bukowski
1081.**A ferro e fogo: tempo de solidão (vol.1)** – Josué Guimarães
1082.**A ferro e fogo: tempo de guerra (vol.2)** – Josué Guimarães
1083.**Carta a meu juiz** – Simenon
1084(17).**Desembarcando o Alzheimer** – Dr. Fernando Lucchese e Dra. Ana Hartmann
1085.**A maldição do espelho** – Agatha Christie
1086.**Uma breve história da filosofia** – Nigel Warburton
1087.**Uma confidência de Maigret** – Simenon
1088.**Heróis da História** – Will Durant
1089.**Concerto campestre** – L. A. de Assis Brasil
1090.**Morte nas nuvens** – Agatha Christie
1091.**Maigret no tribunal** – Simenon
1092.**Aventura em Bagdá** – Agatha Christie
1093.**O cavalo amarelo** – Agatha Christie
1094.**O método de interpretação dos sonhos** – Freud
1095.**Sonetos de amor e desamor** – Vários
1096.**120 tirinhas do Dilbert** – Scott Adams
1097.**124 fábulas de Esopo**
1098.**O curioso caso de Benjamin Button** – F. Scott Fitzgerald
1099.**Piadas para sempre: uma antologia para morrer de rir** – Visconde da Casa Verde
1100.**Hamlet (Mangá)** – Shakespeare
1101.**A arte da guerra (Mangá)** – Sun Tzu
1102.**Maigret na pensão** – Simenon
1103.**Meu amigo Maigret** – Simenon
1104.**As melhores histórias da Bíblia (vol.1)** – A. S. Franchini e Carmen Seganfredo
1105.**As melhores histórias da Bíblia (vol.2)** – A. S. Franchini e Carmen Seganfredo
1106.**Psicologia das massas e análise do eu** – Freud
1107.**Guerra Civil Espanhola** – Helen Graham
1108.**A autoestrada do sul e outras histórias** – Julio Cortázar
1109.**O mistério dos sete relógios** – Agatha Christie
1110.**Peanuts: Ninguém gosta de mim... (amor)** – Charles Schulz
1111.**Cadê o bolo?** – Mauricio de Sousa
1112.**O filósofo ignorante** – Voltaire
1113.**Totem e tabu** – Freud
1114.**Filosofia pré-socrática** – Catherine Osborne
1115.**Desejo de status** – Alain de Botton
1116.**Maigret e o informante** – Simenon
1117.**Peanuts: 120 tirinhas** – Charles Schulz
1118.**Passageiro para Frankfurt** – Agatha Christie
1119.**Maigret se irrita** – Simenon
1120.**Kill All Enemies** – Melvin Burgess
1121.**A morte da sra. McGinty** – Agatha Christie
1122.**Revolução Russa** – S. A. Smith
1123.**Até você, Capitu?** – Dalton Trevisan
1124.**O grande Gatsby (Mangá)** – F. S. Fitzgerald
1125.**Assim falou Zaratustra (Mangá)** – Nietzsche
1126. **Peanuts: É para isso que servem os amigos (amizade)** – Charles Schulz
1127(27).**Nietzsche** – Dorian Astor
1128.**Bidu: Hora do banho** – Mauricio de Sousa
1129.**O melhor do Macanudo Taurino** – Santiago
1130.**Radicci 30 anos** – Iotti
1131.**Show de sabores** – J.A. Pinheiro Machado
1132.**O prazer das palavras** – vol. 3 – Cláudio Moreno
1133.**Morte na praia** – Agatha Christie
1134.**O fardo** – Agatha Christie
1135.**Manifesto do Partido Comunista (Mangá)** – Marx & Engels
1136.**A metamorfose (Mangá)** – Franz Kafka
1137.**Por que você não se casou... ainda** – Tracy McMillan
1138.**Textos autobiográficos** – Bukowski
1139.**A importância de ser prudente** – Oscar Wilde
1140.**Sobre a vontade na natureza** – Arthur Schopenhauer
1141.**Dilbert (8)** – Scott Adams
1142.**Entre dois amores** – Agatha Christie
1143.**Cipreste triste** – Agatha Christie
1144.**Alguém viu uma assombração?** – Mauricio de Sousa
1145.**Mandela** – Elleke Boehmer
1146.**Retrato do artista quando jovem** – James Joyce
1147.**Zadig ou o destino** – Voltaire
1148.**O contrato social (Mangá)** – J.-J. Rousseau
1149.**Garfield fenomenal** – Jim Davis
1150.**A queda da América** – Allen Ginsberg
1151.**Música na noite & outros ensaios** – Aldous Huxley
1152.**Poesias inéditas & Poemas dramáticos** – Fernando Pessoa
1153.**Peanuts: Felicidade é...** – Charles M. Schulz
1154.**Mate-me por favor** – Legs McNeil e Gillian McCain
1155.**Assassinato no Expresso Oriente** – Agatha Christie
1156.**Um punhado de centeio** – Agatha Christie
1157.**A interpretação dos sonhos (Mangá)** – Freud
1158..**Peanuts: Você não entende o sentido da vida** – Charles M. Schulz
1159.**A dinastia Rothschild** – Herbert R. Lottman
1160.**A Mansão Hollow** – Agatha Christie
1161.**Nas montanhas da loucura** – H.P. Lovecraft
1162(28).**Napoleão Bonaparte** – Pascale Fautrier
1163.**Um corpo na biblioteca** – Agatha Christie
1164.**Inovação** – Mark Dodgson e David Gann
1165.**O que toda mulher deve saber sobre os homens: a afetividade masculina** – Walter Riso
1166.**O amor está no ar** – Mauricio de Sousa
1167.**Testemunha de acusação & outras histórias** – Agatha Christie
1168.**Etiqueta de bolso** – Celia Ribeiro
1169.**Poesia reunida (volume 3)** – Affonso Romano de Sant'Anna
1170.**Emma** – Jane Austen
1171.**Que seja em segredo** – Ana Miranda
1172.**Garfield sem apetite** – Jim Davis
1173.**Garfield: Foi mal...** – Jim Davis
1174.**Os irmãos Karamázov (Mangá)** – Dostoiévski
1175.**O Pequeno Príncipe** – Antoine de Saint-Exupéry
1176.**Peanuts: Ninguém mais tem o espírito aventureiro** – Charles M. Schulz
1177.**Assim falou Zaratustra** – Nietzsche

IMPRESSÃO:

GRÁFICA EDITORA Pallotti IMAGEM DE QUALIDADE

Santa Maria - RS - Fone/Fax: (55) 3220.4500

www.pallotti.com.br